Como homenaje a David McKee
y a sus libros, este cuento
comienza con el final de su obra
Tusk, tusk.

J. Sobrino

Para ilustrar este álbum comprometido
y poético a la vez, he utilizado un papel centenario
para que la pintura acrílica resbalara y bailara
de una manera viva y espontánea, como nuestro
humor o como la textura de la piel de los animales
de *mi África* coloreada…

N. Novi

EL MURO

Texto

JAVIER SOBRINO

Ilustraciones

NATHALIE NOVI

Editorial EJ Juventud

Provença, 101 – 08029 Barcelona

Desde hace algún tiempo, los elefantes de orejas
pequeñas y los elefantes de orejas grandes se miran unos
a otros de una forma un tanto extraña e inquietante.

Durante los meses de sequía,
el alimento escasea en el valle del Okavango.
Los animales discuten
por la comida:

las

j i r a f a s

comen la hierba de las

c e b r a s ,

y los

r i n o c e r o n t e s ,

la de los

h i p o p ó t a m o s .

Pero lo peor es lo que sucede
entre los elefantes.

Un día, los elefantes de orejas pequeñas aprueban una solución drástica para erradicar el problema que les crean los elefantes de orejas grandes.

–Nos están robando el alimento. No respetan nada y comen todo lo que encuentran a su paso.

–Esta tierra nos pertenece. Nuestros antepasados llegaron antes. ¡Que se vayan de una vez y no vuelvan!

–¡Tengo una idea! –dice un viejo elefante–. Construiremos un muro para separarnos de los elefantes de orejas grandes.

Al día siguiente, un estruendo resuena
en el valle: parece que todas las fuerzas
de la naturaleza se han confabulado para
crear el ruido más ensordecedor que se
ha escuchado nunca.

Los animales van a ver lo que
sucede y contemplan atónitos cómo
los elefantes de orejas pequeñas
arrancan los árboles cercanos al río,
y los clavan en el suelo.

En dos semanas los elefantes de orejas
pequeñas han construido un muro que
divide el valle del Okavango.

Al llegar las primeras lluvias,

los elefantes de orejas grandes regresan al valle,

pero encuentran una pared de troncos
que les impide ir en busca de alimento.

–¿Quién ha hecho esto? –pregunta la matriarca.

–Han sido los elefantes de orejas pequeñas –contesta la jirafa–. Dicen que es para que no les robéis la comida.

–Esta tierra no es solamente suya. También es nuestra y no pueden disponer de ella a su antojo.

–¡Ahora no podré ir a dormir bajo la gran acacia!

–Y yo no podré bañarme en la charca de los sauces.

–¡No hay derecho! Ellos tienen el agua, el río viene de su lado.

Muchas son las quejas que se escuchan al pie del muro. Los elefante

de orejas grandes se quedan sin la parte más fértil del valle del

Okavango, y el resto de animales también pierden su territorio

de caza, o se quedan sin casa, o se ven separados de su familia.

Solo los elefantes de orejas pequeñas están felices con el muro,

porque ahora se sienten seguros en su territorio.

La estación seca termina y la lluvia sacia la
sed de los animales, la sed de los árboles, la sed
de las personas…
    La lluvia sacia, incluso, la sed de la tierra.

El agua cae sin parar durante tres semanas
y ya no hay sed, ahora hay un exceso de
agua. La lluvia reblandece la tierra donde los
elefantes arrancaron los árboles para hacer
el muro.

Tras un mes de lluvias ininterrumpidas,
el agua arrastra barro, ramas, troncos y rocas.

Y poco a poco, se empieza a obstruir la
salida del río por debajo del muro. Ya no sale
por su cauce natural y, gota a gota, inunda
el valle del Okavango.

La alarma inicial da paso al pánico y muchos huyen
del río ladera arriba. Los elefantes de orejas pequeñas ven
que el muro se convierte en una amenaza.

—¡Tenemos que derribarlo!

–¡No, ni hablar! Intentemos desatascar la salida del río –dice el patriarca.

Pero el nivel del agua sube sin parar a pesar de los esfuerzos de los elefantes. La inundación amenaza la vida de todos los animales.

–El muro será nuestra tumba. ¡Derribémoslo! –dice el patriarca de la manada–. ¡Vamos, todos a la vez! ¡A la de tres: una…, dos… y tres…!

Los elefantes de orejas pequeñas empujan, pero el muro no cede.

–No podemos. ¡Necesitamos ayuda! ¡Socorro! ¡Elefantes de orejas grandes, ayudadnos, por favor!

Los elefantes de orejas grandes, que estaban atentos a lo que sucedía, colocan unos troncos sobre el muro y pasan al otro lado por el improvisado puente.

Los elefantes del valle del Okavango empujan todos a la vez y el muro cae, por fin, al suelo.

A partir de entonces, la armonía reina en el valle.

La comida se comparte entre los elefantes de orejas grandes

y los elefantes de orejas pequeñas, entre los elefantes

de piel arrugada y los de piel lisa, entre los de colmillos cortos y colmillos largos, entre los de color elefante y los de colores.

Aunque últimamente se ve que los elefantes de colmillos largos

miran con recelo a los elefantes de colmillos cortos...

A todas las personas que saltan
los muros que les rodean.

J. S.

Vivir sin armas y sin armadura para soñar
con una estrella imposible, como Don Quijote, o casi…

N. N.

© Texto: Javier Sobrino, 2015

© Ilustraciones: Nathalie Novi, 2015

© EDITORIAL JUVENTUD, S. A., 2015

Provença, 101 - 08029 Barcelona

info@editorialjuventud.es

www.editorialjuventud.es

Primera edición, 2015

ISBN 978-84-261-4241-2

DL B 14555-2015
Núm. de edición de E. J.: 13.094

Fotomecánica: Princeps S.A.
Diseño y maquetación: Mercedes Romero

Printed in Spain
Arts Gràfiques Grinver, S.A. Av. Generalitat, 39 - Sant Joan Despí (Barcelona)